疼痛的拇指

Teng tong de mu zhi

丰古 著

> 我长期坚守这片沃土，心甘情愿，无怨无悔，读诗、写诗将伴随我的一生。

中国书籍出版社
China Book Press

图书在版编目（CIP）数据

疼痛的拇指 / 丰古著 . — 北京：中国书籍出版社，2015.5
ISBN 978-7-5068-4966-1

Ⅰ . ①疼… Ⅱ . ①丰… Ⅲ . ①诗集—中国—当代 Ⅳ . ① I227

中国版本图书馆 CIP 数据核字（2015）第 126443 号

疼痛的拇指

丰　古　著

图书策划	武　斌　崔付建
责任编辑	戎　骞
责任印制	孙马飞　马　芝
出版发行	中国书籍出版社
地　　址	北京市丰台区三路居路 97 号（邮编：100073）
电　　话	（010）52257143（总编室）（010）52257140（发行部）
电子邮箱	chinabp@vip.sina.com
经　　销	全国新华书店
印　　刷	北京中华儿女印刷厂
开　　本	650 毫米 ×940 毫米　1/16
字　　数	105 千字
印　　张	13.5
版　　次	2015 年 8 月第 1 版　2019 年 4 月第 2 次印刷
书　　号	ISBN 978-7-5068-4966-1
定　　价	56.00 元

版权所有　翻印必究

目录

序　诗　　　　　　001

第一章　张扬的大手　009

第二章　疼痛的拇指　061

第三章　柔软的爱情　101

第四章　曲直的生活　153

后　记　　　　　　209

序诗

1

远古的原野
沉静而又深邃
精灵的出现
需要亿万年痛苦炼狱
一群猴子
终于从树上下来
站立于大地
手和脚的分工
注定了它更广阔的意义

他们钻木取火
缭绕烟雾里
品尝美味佳肴
圈地运动如火如荼
建立势力范围
他们制造武器

序　诗

大开杀戒
打拼的誓言和信仰
深深刻入甲骨

刀耕火种中的野花
依旧笑着春风
贫贵荣辱渐渐浮出水面
他们把硝烟、是非功过
铸于铜鼎和陶瓷
车载牛驼的竹简
流淌着快感和诗行
他们站在世界的顶端
用一双大手
把历史一页页掀过

2

秋天，空气纯真
辽阔而蔚蓝的苍穹
一行南飞的大雁

疼痛的拇指

很抒情
把诗句打印在天空

在硕果累累的季节
拇指受了伤
让人怀疑
它是雁叫的遗物

红肿的指头
那么明亮
像一朵即将绽放的蓓蕾
面对揪心的阵痛
实在无能为力

在人生的转弯处
病重的指尖
已经不能承载什么

凝望远去的雁群
渐渐消失

序　诗

人生，多么像它们啊
一闪而过
没有留下痕迹

3

岁月像一把刻刀
总要把历史记录下来
365天是一年
每个昼夜都不平凡
喜悦和疼痛，都在话下

用手，去摸一下时光
是那样的饱满
每一天都是那么崭新
这一切都与爱情有关
黑夜如白昼

把一生的激情
压进诗章

疼痛的拇指

一本诗集未公开发行
油墨的清香
已经在湛蓝的天空漫溢

心中最亮的星
妖精似的眨着眼睛
天不亮,心中的念想
随着潺潺的水声
赶往有着大爱的草原

4

生活不能没有欢乐
人生离不开曲谱
灵魂需要猛烈碰撞
筝,由来已久
弦,拉成城廓和道路
它们用木盒子呼吸
吐出喜怒哀乐

序　诗

用手弹奏一支曲子
那些跳动的音符
总是扣人心弦
世界和万物就站在弦上
怀念一个人
还是回忆一件事
需要反复咀嚼

那些琴弦绷得很紧
表情严肃
手在弦上走动
把人生弹得天翻地覆
把炽热的爱弹成火
把婉约的愁弹成冰
琴弦上，总是
流淌着一段远逝的岁月

5

光怪陆离的社会

疼痛的拇指

人都活在山谷里
每一个举动
像被撩拨起来层层叠叠的
怪叫
既熟悉又陌生

面对焦灼的社会
心中隐蔽着许多困厄
无法将它抹去
有人学会了忍耐
有人却从噩梦中醒来
不知所措

需要寻找一种武器
把握好时机
作一些必要的斗争
也许你死我活
或许有转机和希望
这个世界
两败俱伤的战场

第一章

张扬的大手

疼痛的拇指

1

女娲以母性的坚韧
搬起五彩斑斓的石头
修补破漏的天
拯救万物
夸父奋力逐日
最后渴死于沼泽
他的木杖
长出郁郁葱葱的树林
阳光、空气和水
成为生命之源

历史拉开一扇窗
天空，有银色月亮和种子
撒下来便会疯长
阳光，投下美好夙愿
让人类梦想成真

第一章　张扬的大手

柔软的风
轻轻吹拂人们欣喜的面颊
泥土的味道，春色满园
喧嚣的人间
渐渐归于平静

2

天工造物
那些锈迹斑斑的城池
站在大海的边缘
高高的楼宇
在石头裙里忽隐忽现

一只鸥，带着夙愿
在空中描绘美丽的弧线
一位老船长
驾驶木制大船
去海的深处打捞希望

疼痛的拇指

一群青年男女坚定不移
在灼热的沙滩上裸奔
阳光是他们暗送的秋波
在轰响的涛声里
情感日趋饱满

3

石刀,石斧和箭镞
瓦当,瓷器和俑
还有铁
都诞生于手和火
手和火里
蕴藏着美和哲学

打一个手势
就有彩蝶翻飞
伴随火的流动
能洞见青铜器的身影
和无法猜想的神秘

第一章　张扬的大手

在时间的陷阱里
一幅旧画
沉淀了先人的思想
人们会听到
随风而动的思想
和古老的梦呓

4

历史的长河潺潺有声
生命在它的左右
时刻波涛汹涌
能够支撑历史和生命的
只能是一双手

手，不能有任何闪失
她要去指点江山
她要去激昂文字
她要去修补日子裂纹

疼痛的拇指

她要去抚慰心灵创伤
她要去创造美好未来

天塌下来靠她去支撑
一行行精彩的诗句
由她去撰写
氤氲每日的生活
靠她来操持
就连世间的是是非非
也要靠她去搬弄

缤纷的世界
面对狡猾的人类
那么多的路都晾晒在眼前
如何选择?
那么多的人情世故
如何去把握?
此刻,人们都会沉思
认真梳理杂乱无章的命运和
隐藏内心深处的秘密

第一章　张扬的大手

在沧茫岁月里
拨开纷繁的世事
抬起手来
删除那些无用的枝枝叶叶
收回过量的欲望
让一些想法和做法
接近于真理

5

当一个新的生命
离开母体
冲撞的力量缘于一只手
没有睁开眼睛的时候
发出第一声嚎叫

这个并无意识的声音
冲破了母亲的耳膜
让她在阵痛中

疼痛的拇指

展放出幸福的笑
子宫
从此有了喘息的机会

幼苗茁壮成长
新的思维趁势而入
只要不给别有用心的人
拥有杀机
或许就是明天的王者

6

人体
一架精美的机器
手是它的核心
如果它不挥舞起来
许多的梦想
很难被点火发动

手

第一章　张扬的大手

经常会萌生点坏脾气
一些美好的火花
被她撩拨起来
又被她掐灭
悲伤，往往因手而发
又无法收拾残局

7

把手轻轻地铺开
多像一把伞
晴天可以遮阳
阴天可以挡雨

把手轻轻地打开
多像玉兰花
人的一生
注定为美好的明天挥洒

把手慢慢地收拢

疼痛的拇指

多像一把锤头
硬朗的身躯
要锻造人生的大厦

把手慢慢地合上
多像一枚殷实的硕果
无论怎样的季节
都在收容着天地之精华

把手伸出来
多像一名伟大的使者
能给社会带来和平
能让世界充满希望

8

五个指头
恰到好处地分配于手
既优美又阳光
像绽放的花朵

第一章　张扬的大手

他们生活得有理有节
在面临绝境时
会义无反顾
将世俗砸个粉碎

拇指长得不高不矮
粗壮结实
俨然是一个君主
治理国家
必须有远见卓识
剑胆琴心侠骨柔肠
才能去关心社稷和臣民
支撑起一座江山

9

伸展五指
还是收拢五指
都能听到
骨骼叫嚣的声音

疼痛的拇指

伸展五指是掌
收拢五指是拳
当它向某个方向延伸
就有承受不了的重量
有人遭遇创伤
一些美好的事物
会立即破碎

10

最原始的暴力
从拳头开始
多么彪悍
一拳,可以使对方受伤
一拳,可以致敌于死亡
古老的血腥
一直延续至今

其实,没有拳头和暴力
同样能伤人抑或死人

第一章　张扬的大手

比如饥饿
比如车祸
比如馋言
比如爱

人人都需要发泄
都会使用拳头
可诗人不会
他决不会忍心让人
去受伤或者死亡
只会去雨中哇哇叫喊
在林中偷偷哭泣
最拿手的办法
是用笔去强奸纸

11

左手和右手
一对孪生兄弟
又像不同的两个人

疼痛的拇指

经常配合得天衣无缝
做出一些惊天动地的事

两个人
时儿沉默不语
时儿说着悄悄话

惊天和动地
不是一般的词
他们有共同的想法
也会纠缠不清
一个只想惊天
一个只想动地

他们还会搬弄是非
右手吃饭
左手喝汤
你说,双手捧着一个碗
是吃饭还是喝汤!

第一章　张扬的大手

12

时常有种不祥的感觉
在身后弥漫着
一只无形的手总在挥动
让人感到惊愕

当你心魂不定时
它在近处煽风点火
在远处摇旗呐喊
许多残局
一经它的撩拨
就永无收官之日

它经常把生活的水搅浑
让你在不知不觉中
失去许多欲望和念想
最后跌进深渊

疼痛的拇指

13

读《西游记》
你会发现
人们都活在别人的掌心

你看，孙悟空
那么优秀的员工
勤奋好学，不惧任何艰险
可是，再有能耐
也逃不过如来佛的手掌
不管做得对与错
只要他一生气
就给带上紧箍咒
或者压在五指山下

聪明又有本事的人
怎么不去送点银子

第一章　张扬的大手

或者把八戒背的小美人儿
相赠与他
那些铺天盖地的承诺
能相信吗
用金箍棒去扫他
秋风扫落叶

只是，人们已麻木三千里
像一只只蚂蚁
都活在别人的掌心

14

我喜欢回老家
那里繁荣复杂的关系
让人眼花缭乱
可以走在乡间的小路上
听一片蛙鸣
随手采一些野花
或者下湖摸鱼捉蟹

疼痛的拇指

非常快乐
见到长辈作揖
见到平辈握手嬉闹
见到岁数很大的晚辈
我不开口，等着他们先说

人间真的很有趣
八十岁老人要喊我祖宗
让人受不了
但这又非常靠谱
家族辈分是铁打的
谁都无法更改
喊不喊全凭自愿
谁叫他生在晚生堂呢
虽然我搞不清辈份
可每每到了乡村
就觉很接地气
有一种融入的自豪感

第一章　张扬的大手

15

把手拱起来吧，作揖
叩拜我们的先人
叩拜爱过你的人
叩拜你伤害过的人
因为那双手曾经肆无忌惮
犯过很多错误
不管有意还是无意
都要把手拱起来，作揖

用你的真诚叩拜
表达一种敬意
一种忏悔
为你的不孝和心中的慌乱
为一次错位的抒情
为一桩没有衔接好的婚姻
为内心长久的宁静

疼痛的拇指

必须把手拱起来，作揖

作揖，要学会把腰弯下来
让心脏离地面近一些
这样或许能解除内心的不安和苦难
或许能求得别人的谅解
或许能挺着胸膛走路
或许能变成一个不太卑鄙的人
拱起你的手，作揖
以九十度的姿式，向八荒叩拜

16

左手紧握右手
最平常的一种姿势
没有触电感
像兄弟姐妹侃侃而谈

凝脂的手就不一样
给人幻想

第一章 张扬的大手

能扫除心灵的寂寞
给人以起航的决心

希望握住这样的手
哪怕瞬间
便握住了春风和希望
握住了生命里最闪亮的时刻

17

阳光和星光
像一对孪生姐妹
那些璀璨的光芒
催促着生命的脚步
点燃着世间冷暖

秋天的阳光异常鲜亮
漂染了一个季节
阳光打在手上
在一片红里，能看到

疼痛的拇指

无数条河流涌动

我想沿这些细瘦的河床
去寻找生命的源头
和情感的出处
可是,刚到午后
就跌倒在某种纠葛里

秋夜,窗外的暮色
把尘世淹没
把视线偷走
我像一片落叶
在冷寂里飘浮

风把雾霾渐渐吹散
一束星光
在指尖开出了花
叶片在水中
反复搓揉着月光

第一章　张扬的大手

18

我不信佛
在迷茫的时候
会去一趟寺庙
看和尚敲打着木鱼
听他们嘴里
念念有词

其实，到那儿
并不想烧香拜佛
只想等待
天空传来的声音
或许能碰上一个机缘

既然到了
还是把手里的香点燃
像信徒那样

三拜九叩
可是，在袅袅烟雾中
似乎发现了什么

19

眼睛紧闭
双手合十
口中诵经
这是信徒的虔诚
我不是信徒
也常常把双手
放在胸前
低下高贵的头
作默默地祈祷
祝愿社会和谐
家人安康
也深深地为我的爱
事毕之后
我会期待

第一章　张扬的大手

有完美的事浮现
身心
会感到十分轻松

20

很自信很阳光的人
在生活中
却遭遇
许多噪音袭搅
内心的苍凉
全部眷刻在面颊上
我决定
用自己的方式去乞讨
不知不觉中
被送上了一座荒岛
触摸的是
礁石的伤口和海的嚎叫
总感觉自己
在海风的刀刃上行走

疼痛的拇指

拨开生活的帷幕
去查找一条溪水的出处
才发现,生命的源
被一双大手扼住了嗓门
所以,遇到任何磨难
都不敢低头
我怕头一但低下
泪水会将衣襟打湿
会把脚下的路淹没
人生的火焰会慢慢变暗
只有一个选择
转过身去
斩断那些藤蔓

21

把握得了过去
如何把握住未来?
一个人的命运可以把握

第一章　张扬的大手

两个叠加的命运
如何把握？

在这个城市
我很风光
许多事情都能指手划脚
可以说三道四
却逮不住简单的情感

阳光变得支离破碎
心情一言难尽
生活蓬头垢面
是一双纤细的手
将念思攒得太紧

无论白天还是夜晚
都在担心
那根丝线会突然断裂
我会像一粒沙子
掉进苦海

疼痛的拇指

22

在小小的尘世
颠簸
就像我们的呼吸
困难中我抓住了很多东西
机遇，晋升，朋友
很多的事情
处理得恰到好处
还是错过了许多好时光

夜莺鸣叫的晚上
街灯眨着疲惫的目光
一朵清新的花朵
用异样的眼神
在我年轮里游弋着
一头小兽在血液里穿梭
我彻底沦陷

第一章　张扬的大手

此刻，想在心田
腾出一个位置
恰好来容纳她的喜与悲

面对这样的事件
没有多少底气
可还是出了手
就在要抓到的时候
却在猎猎作响的风中
突然跌倒
让她
从手心里溜走了

23

想牵你的手
在田野的小径上
漫游
迷失路边的风景
沉醉

疼痛的拇指

在阳光的气息中

把牵手的感觉
构思在诗中
把你的清纯
镶嵌在字里行间
出本诗集
作为我的唯一遗产
留给后人

24

"没有意见,鼓掌通过"
手的功能
展现得如此充分
那么重要的程序
平时没有谁在意它
每个人一生鼓了多少次掌
没人统计
也无人知晓

第一章　张扬的大手

人们都会鼓掌
人们都要鼓掌
生活，需要掌声
工作，离不开掌声
它没有眼睛却很认人
这个
很多人在意

掌声
声音有大有小
有正反之分
大到电闪雷鸣
小到稀里哗拉
这个
大家都知道

掌声
源自心灵的呼唤
情绪的再现

疼痛的拇指

它多像一把切刀
不断地分割人们的情感
荣辱成败
常常在掌声中框定

25

把手掌拍得通红
为一笑一颦
为史无前例的娇艳
为追根究底的诙谐
一片喝采声中
手渐渐走向疼痛

红里带疼的手
总是没有别人拍得响
有人陡增一些醋意
用呐喊
去覆盖那些掌声
泄露了不敢恭维的嘴脸

第一章　张扬的大手

成了一个搅局者

26

手可以带腕而耍
密谋许多事情
见不得阳光的东西
从来不分季节
在臆想不到的时间和地点
吹出一些风声
闪电一样将你击中
让你
变成剧中的一个角色

27

手，虽然很小
足以遮住一片天空
蓝天被遮挡
谁还能看到光亮

疼痛的拇指

在阴暗的深宫
有人可以为所欲为

风在暖暖地吹
歌在不停地唱
鸟儿在自由飞翔
这对于强盗来说
无动于衷
那些不明真相的人
才是他的目标

他会在你
意想不到的时候出手
像一列火车喘着粗气
坚决固执地抵达你
强奸你的思想
剥夺你的权利
霸占你的财产
把你打到十八层地狱

第一章　张扬的大手

他的灵魂与众不同
心怀着鬼胎
装着许多人
为你撑伞
也可为你遮天
都是因为这双手
使历史反反复复的变幻
因为它的力量过大
还是这个天空太小

28

人家打一个手势
要学会理解一种意图
按照他的意思去做
在人生的叉路口
犹豫不决时
他会给你指示方向
应该走哪条路
当你做错了某件事情

疼痛的拇指

他会亲切地指教
让你懂得孰是孰非
我的旅途
得到过无数次指点
得益匪浅
我的脾性不好
犯过很多错误
有些不可饶恕
但他并没有严厉指责
还会指给你看
然后，生活被摔得粉碎

29

领导
最令人仰慕的人物
他们座在台上
群众站在台下
这个距离
等于一座山的高度

第一章　张扬的大手

他们指手划脚
虎着脸讲话
不管着不着边际
必须认真记录
必须坚决执行
好像真理
都攥他们手里

其实，他们
已经到了山的顶峰
头顶是乱云飞渡
前面是大峡谷
很多人因为太真理
而摔了下去

30

路
修得越来越宽

疼痛的拇指

黑的路白的斑马线
经纬分明
向天边延伸

人在上面
只是个黑点
车在上面
是颗流星
黑点时常被抹掉
流星经常会坠落

在黑色背景下
那些隐痛
如大山沉默
有谁敢去摸一摸
那苍凉的头颅

我们并不知道
光明的星子与人间的灯火
会同时点缀

第一章　张扬的大手

在哪一块幕布上

31

命运的恐惧
一次次推向我
我想起一个成语
翻手为云
覆手为雨
像巫术又像神灵

有些人
不会巫术也非神灵
他们能够做到
驱除一个旧物件
捏造一个新事物
并将它重新命名

这些人不是救世主
但有特异功能

疼痛的拇指

能把水搅浑
能把伤痛揭开
让人无处躲藏

许多人的生活
因为泄露了某些秘密
被他们无情地撕裂
像扔掉的纸屑
留下黯然神伤的毛边

32

手
典型的窃贼
没有柔情的言辞
也不打招呼
就窃得了人家的心
无理的盗取
判了无期徒刑的旧爱
死灰复燃

第一章　张扬的大手

人生所有的色彩
被强行改变
平静的生活
出现臆想不到的涟漪

33

谁都不愿意听到
失手这个词
可人人都会遇到
它给人们带来诸多懊恼
像是走在荆棘丛中
痛苦不堪言说

打碎的花瓶不能复原
但可以再买
写错字也可以修改
弄丢了爱却无法找回
泼出去的水
谁能把它重新聚合

疼痛的拇指

去拨不应该拨的帷帐
翻看人家灵魂深处的收藏
巨浪被掀起
用"失手"两个字
能搪塞过去吗
会害眼,恐怖一辈子

34

人们常说
眼睛最毒
能把人的灵魂勾走
能把沉寂打破
指头没有眼睛
沉默寡言,不动声色
可她的毒性很大
一个指头
可以拆散一架骨骼
一个指头

第一章　张扬的大手

可以无端地挑起事端
一个指头
可以挑拨一个民族的感情
一个指头
可以将人类毁灭
那么五个指头呢
是一只大手

35

秋天已很久
顽固的花
还开着
在风中不停地颤响
顺手摘下一朵
遗留的香气
在思维的天空漫溢
冷冷的风里
流淌着一个名字
欢笑，温存还有脚步声

疼痛的拇指

共同渲染我的心情
萧瑟的命运
迎来些许光亮
丝丝的光线里
能洞见生命里一缕香
在悄悄游动

36

人狂笑的样子
肯定不好看
如果用手
把嘴遮挡一下
就高雅了
修养也有了

手的这个作用
怎么不让她发挥
让她叫人破涕为笑
让她掩过饰非

第一章　张扬的大手

让她遮盖
一切不必要的麻烦

37

时光
不会给谁打招呼
眨眼间就流逝很远
她在有意
打磨着人的意志
不管是官宦还是百姓
一只无形的手
在不经意间
戳向你的死穴
做出伟业的人算什么
诗人作家算什么
达人小姐算什么
统统不在话下
当有人提醒你
已来不及

疼痛的拇指

那些关键的穴位
已经被关闭

38

一双手干净透明
不知为谁准备
它像一场绵绵细雨
让田野和树枝
统统酥软起来

芦花纷飞的季节
天气冷意渐重
小河自鸣得意
风
带走尘世的喧嚣

清凉,让人爽朗
那双透明的手
一次不经意的触碰

第一章　张扬的大手

让人的血液
毫无准备地奔腾起来

人在漫溢的体香里
深深中毒，从此
日子开始皱皱巴巴
寻不到降解的良药
故事无限期延展

39

从前，从没有仔细观察自己的手
只知道，让她去工作和劳动
只知道，让她去谈情说爱或隔靴搔痒
只知道，让她去喂养笼子里的小鸟
只知道，让她去捡拾落叶般的思念

如今，鬓发胡须和眉毛染上了杂色
才想起来，去翻看大而细长的手
发现，她已经像荒芜的土地泛出碱性斑点

疼痛的拇指

犹如饱受苦难的婴儿
全身布满不和谐的皱纹

她服侍我那么多年，人生旅程已走大半
怎么不去好好呵护她呢
这与我生活休戚相关的手啊
这与我生命相连的手啊
面对这双手，保持着久久的沉默

40

放下高高在上的官位
坐上普通椅子
保持舒展的心态
放下贼心不死的爱
用白头偕老意象去抚慰
另一颗渐进老去的心
放下对梦幻的追寻
让她回到透明
看一棵植物的成长

第一章　张扬的大手

放下多年积郁的疼痛
如天空的云朵
自由地旅行
放下一尘不染的脸面
给它一个位置
游戏般为它增加几颗麻点
掸去一生的风尘
放下自己
返回生机勃勃的大地

41

生与死那么简约
中间只有一步
生的时候，有一声啼鸣
死的时候，有一阵咳嗽
一种永恒的对话

没来得及腾出手来
整理自己的前程往事

疼痛的拇指

就从花开到花落
一块石头
成了他的名字

42

摊开这双手
乱云飞渡
杂草丛生
除了命运的纹路
和磨损的肌肤
什么也看不清楚
掌上的山河
满目沧桑
道路
早已裂变
过去的日子
统统被扔进泥土
生命的黄昏
渐渐从手上升起

第一章　张扬的大手

43

不要管
社会多么疯狂
不要管
风声多么强劲
不要幻想
美梦如何成真
我只想默默地去揭开
岁月的伤疤
让它再次流血
让它发出痛疼的呻吟
然后，躲在小楼里
看这个世界
如何再次失恋

第二章

疼痛的拇指

疼痛的拇指

1

清晨,雾霾遮掩视线
露珠不停滴落
纯净透明
一首首诗落在手心

拇指莫名地红肿
痒和痛叠加
像一个紫水萝卜
站在掌上
带些许的媚态

实在不忍心看她
从红到紫,从紫到黑
不知道能开出
什么样腐败的花来

第二章　疼痛的拇指

2

疼痛直线上升
没有减缓的趋向
谁在诅咒
这种蹂躏难以接受

眼前坐着一尊大佛
是不是一种涅槃
无法自圆其说
实在找不到残局的原由

梦还没做到一半
就被拉醒，精神开裂
清晨的浓雾
让痛苦雪上加霜

疼痛的拇指

3

迷人的星空
一些光亮
从枝叶间漏下来
跳动的疼痛
像悄悄絮语
再婉转，听多了也烦

只剩下寂寞
关上窗户睡觉
可是，扣子解不开
裤子没法脱

伤指严重挫伤了我
这是不是渺茫的行程
找不到回家的路
它像一种潮流

第二章 疼痛的拇指

影响着一批又一批人

很多事物都会被季节拖累
想想也好,和衣而卧
节约了许多时间
省去一些麻烦和体力

4

拇指的伤
剥夺了我的睡眠
站在空前
怀揣着难以言表的心情
遥望浩瀚的星空
想给它写封信
争取成为它们的一员
获得发光的资质

在唐诗宋词里跋涉
摘下只言片语

疼痛的拇指

来装饰自己的情绪
将意境燃成篝火
吸引旷野里的孤魂和飞蛾
给寒夜一些温暖
为沉重的生活
平添一点色彩和情趣

5

指头越发明亮起来
痛疼,像临盆的孕妇
情绪咯出了血渍

拇指,一颗定时炸弹
潜藏着威胁
稍一触碰,就会发生危险

窗台上一盆鲜花
不停摇晃
传递着某种信息

第二章　疼痛的拇指

在床上无法闭合双眼
思维高速运转
分析花香带来的音讯

几滴鸟鸣，浮在脑海
神经在漩涡里打转
搏斗成家常便饭

一枚枯叶在寒风中
如何坠落
才算符合真理

6

一个星期
红肿还没有消散
指甲却像
雨后的野草疯长
使我想到

疼痛的拇指

行将腐朽的树
居然发出了新芽

有些事难以琢磨
一身病的人
得到重用提拔
轻易得就像在树下
捡起一枚枯叶
世态炎凉
就这样一页页翻过

7

红肿的拇指
清澈透明
无数条细细的河流
顺着不同方向
传递着不祥的音讯
让人躲闪不及
心开始痉挛

第二章　疼痛的拇指

好多天
班是正常上
没有人安排我工作
对游手好闲
很不适应
自我感觉不正常
名声渐渐败坏

名声
对一个人太重要
必须去捍卫它
这是不是一个
膨胀的念头
开在风中的希望
用什么去捍卫
手已经挥舞不起来

8

早晨起床

疼痛的拇指

老婆追问,最近
夜里老说梦话
"说指头要烂掉了
要某某去死
谁的指头啊?谁啊?"
我说不记得
心想
记住也不会说

这事,关乎领导
牵涉某些隐情
他听风就是雨
批评或指责
犹如二千度的铁水
劈头盖脸浇下
石头烧出了裂纹

肿痛的拇指
影响了工作和生活
不能再写诗

第二章 疼痛的拇指

让我怀恨在心
痛成为引子
让我梦游说梦话
有些时候梦话
跟真的一样

9

疼痛，让我感到
恶，就潜伏在我不远的地方
躺在床上
时不时地嗅到
一些油烟的味道

现时生活
长出那些污点
是不是与我前世有关
我想虚构一个影子
让它与我
有暂时的停顿和脱节

疼痛的拇指

指头无声地叫喊
像我精神的断裂
思绪在夜色中潜行
一切都成为空
我想把灵魂交给上帝

10

生病以来
没有一个安抚电话
没有人来看我
人混到这种田地
有叠加的痛

站在窗前
视线被林立的楼宇隔断
还好,一阵风吹来
浏览了我的拇指
让激烈的情绪降了一点温

第二章　疼痛的拇指

痛疼侵略我很久
不想再忍受这世间的不公
为自己写一篇祭文吧
命名它一个偏激的标题
青春筹码会这样输掉

11

这些天，接到电话若干
是求墨宝的
形形色色的人
像电影一一掠过
我只能以身体有恙
为借口（拇指肿痛
不能提笔
没有尚好的心情
怎能飘出墨香
怎么会有优美的线条
更不可能有作品）

疼痛的拇指

他们并不就此罢休
说同样的话
我作同样的回答
抄录如下:
"我们去看看老师。
真的不用,小毛病。
看看,(谦虚)推辞了吧。
对不起,真的不是。
兄弟,说实话
一来人家看好你的字
二来也等着急用,帮帮忙。"
(哈哈,急用才是硬道理)
我沉默,挂电话,关机……
顿时,心严重缺氧
拇指又增加了一层痛

12

医院,曾经叫卫生院
我最厌恶的地方

第二章 疼痛的拇指

那里最不卫生
到处流溢着呻吟和血腥

福尔马林的味道
死亡的味道
但你，必须接受这种气息
人都降生在那里
肮脏，不足为奇

今天，又要去那里
看医生
疼痛让人别无选择

一个戴金丝眼镜的女人
高耸的胸前
挂着一块牌子
上面印着主任医师
这可是教授级别
一切都会有救

疼痛的拇指

当我的手伸过去
她不屑一顾
看了一眼
"晚了,要截肢!"

截人的身体
怎么比切菜还容易
受不了这个现实
心的痛陡增万倍
做了一次逃兵

我是军人出身
深知战场上的逃兵
是死路一条

13

一只飞行的小鸟
被猎枪击中
体无完肤地摔下来

第二章 疼痛的拇指

守猎者
不会捡拾
因为它不是一头野兽
已经粉身碎骨
没有让他获取的理由

此时，他也许很内疚
不该下手太狠
它在天空，只是个小黑点
有漂亮的羽毛和嘹亮的歌喉
一枪下去
永远剥夺了它
飞翔和鸣叫的权力
人间顿时消失了一份欢快

它的遭遇
让我想到自己的病指
倍感生命的脆弱
和世态的炎凉
用疼痛的手

疼痛的拇指

捡拾起可怜的遗体
找一块有小草和野花的山坡
将它埋藏

14

不知疼痛
还能坚持多久
像日出也像日落
更像奔腾不息的波涛

风在刮
雨在下
街边K歌的声音
不断冲击我的耳膜
心烦意乱

指头奄奄一息
就像一个病重的老人
在私下里捂着胸

第二章 疼痛的拇指

不停地咳嗽

这五彩缤纷的疼
无法修饰
在慢悠悠的时空
我在深深祈祷
它能独创一个春天

15

疼痛发出严重警告
让人产生幻觉
任其发展下去
红肿的拇指
不截肢也会烂掉

如果它真的烂掉
生活会是怎样的情形
生命会是怎样的情形
爱情会是怎样的情形

疼痛的拇指

一切的一切
将会是怎样的情形

疼痛像一种迷雾
把所有的秘密隐没
不想再去清理纷繁的往事
无尽的荒冷
像一枚枚枯叶不停滴落

16

阳光藏在褐色的天空
我期待着它露出笑脸
送来热量和邂逅的梦想
来降解心灵的创伤

烂掉的拇指
就像丢掉的家犬
呵护的人没了
一个王朝将被颠覆

第二章　疼痛的拇指

面对一朵花的凋落
健康已成为无尽的诱惑
斑驳的眼神
成为自艾自怜的诗句

17

这种状况继续下去
其他手指
也会相继被传染
真是不敢想像的事

一个拇指伤了
变成一条丝线
把心牵得隐隐作痛
五个指头全伤
五条丝线
注定是死去活来

疼痛的拇指

五个指头都丢掉
手,不复存在
如何擦拭生活的污垢
如何面对突如其来的灾难
将失去
胡搅蛮缠的条件

18

夜晚,眼睛无法封闭
这夜晚的痛
为什么
比白天来得更加激烈

床铺,疼痛的摇篮
等待天亮比等死还难过

当天彻底亮了
才知道,白天并不能赶走
夜晚的恐惧

第二章　疼痛的拇指

人生是一种浮尘
不论风从哪个方向吹来
它都会飘到某个地方

无声无息
变成一撮泥土

19

在生前，这双手
一直在用功
身形优雅
姿态醉风

气场得势
采摘柳枝和鲜花
追赶太阳和星月
许多秘密不可告人

疼痛的拇指

现在,手没了
纠缠过的事情
只能
从今生漫延到来世

有些勾当
没法逃避罪责
留下的那些指纹
就是铁证

20

饱尝酸甜苦辣的手
遇到那么多的事
左右逢源
干那么多活
都恰到好处
做的工作波澜壮阔
如今,一种悲凄
毫无忌惮地亮相

第二章　疼痛的拇指

让人没有办法应对
如今，没有温暖的手
可以伸出
无法抚慰
心灵的创伤
无法手捧蓝色妖姬
献上自己的赤诚

21

美好的时光
成为过去
不想再抛头露面
只想静下心来
听听现实以外的声音
在一个
风也吹不到的地方
独守内心深处的灯盏
和着一点星光
静静地回忆

疼痛的拇指

诗页上
闪动的光芒
和诗行里跳跃的倩影
等待着下一场雨
将思绪打湿

22

是一场灾难
还是一场游戏
不论什么
一定有它的设计者
就躲在身后的某个角落

一种新的不安
又一次从天空划过
风夹迫着寒冷
将我紧紧包裹
不停地战栗

第二章 疼痛的拇指

在灾难抑或戏中
扮演的角色
导演一定心满意足
他们是在吸血
在奢侈享用我的生命

23

星期天,阳光明媚
朋友打来电话
约我去茶社打牌
本来不想去
为友谊还是去了
因为伤手
只是观众的份
看着他们津津有味的样子
以大压小甩牌的劲头
多么平常,可我
心里窝着火
再看他们的眼神

疼痛的拇指

明显带着蔑视的味道
怒火中烧
把牌桌踢翻
骂道"什么东西！"
扬长而去
留下了几张惊恐的脸
和室外瓢泼的大雨

24

清晨，抱着病手
在公园散步
老人打着太极拳
孩子们在自由嬉戏
情侣在长椅上交头接耳
心怀一丝酸楚

在有些想法的时候
风轻轻掠过我的病指
带来了些许清凉

第二章　疼痛的拇指

鸟儿也好像看懂我的心思
时不时脆鸣几声
是给我的安抚

面对背叛的拇指
我在寻找自己的影子
不大不小的病
像是生命里一次飘泊
许多想法在飘泊中消散
还有一些烙在心墙

25

大海航行靠舵手
现在，失去了手
生命的帆无法扬起
人生的船失去了方向
生活像一捆乱麻

我想豪饮一杯烈酒

疼痛的拇指

来冲刷血液里的毒素
排解心中的负荷
用一种红来文过饰非
用醉将死亡封缄

面对生命的不测
只能勇敢面对
不然
如何去整理和开掘
残缺的生活

26

手出了问题
做不出令人关注的事
人们不再理睬你
心理渐渐失重
情感遭遇风沙
人常常因为有了缺陷而沉寂
又因为沉寞感到人生漫长

第二章　疼痛的拇指

为避免许多拖累
我想去远一些的地方
比如青藏高原的一个角落
或者东北的密林深处
那里没有熟人
但，会有善良的人
他们会用同情的目光看你
让你像正常人那样活着

在那里
身有残疾的我
可以在广袤的草原打坐
可以跟野狼对峙
可以跟乌鸦聊天
人生仍然能像一粒珍珠
发出璀璨的光芒
在陌生世界
或许能活得更好

疼痛的拇指

27

沦陷于极度恐慌
白天胡思，夜晚梦呓
脑袋进水
孰轻孰重不得而知
我想，把脑袋打一个孔
让那些污水
沿着原路流回去

思维变成无数碎片
身体也成为碎片
期待着有人来整理修复
工作很简单
只需轻点一下鼠标
碎片就会聚合
疼痛就能治愈

第二章　疼痛的拇指

28

想舀一瓢水
浇灌长久的渴望
因为拇指的痛
轻若叶片的水瓢
拿不起来

天空黯淡
一片又一片云
从头顶飘过
却没有一滴雨
飘落下来

讨厌阳光
怀念月亮
都是无意义的思维
谁来

疼痛的拇指

解决心的饥渴

29

站在一座废墟上
看着红肿的拇指
慢慢地烂掉
然后是手
再就是身体
完全化为尘土
谁能这样甘心情愿

想留一个骨节或者牙齿
像佛祖那样
变成舍利
等待后人去供奉
去膜拜
那是多么庄严
想着想着就笑了

第二章　疼痛的拇指

30

网上信息
提拔一个县委书记
五十万，真便宜
我已经是正处
不想去买
想当更大的官
笼络更多的人心
筹集到更多的钱
去为黎民百姓谋福利
为失学孤儿建乐园

但是，手的病变
能量无法施展
有钱也捧不到人家面前
既便想办法送去
已经没有拍马屁的条件

疼痛的拇指

失去的手
像一条河流
把官位与想法隔开了距离
我只能做
一个岸边的思想者

31

这片古老的土地
老手多如牛毛
温柔的强暴的怪异的
事迹响彻云霄

打开
历史的尘封
却找不到一点
关于老手的记录
让人失望

一个新手

第二章　疼痛的拇指

还没老
遭到如此的境遇
不服,却无法抹去
腮边的泪水

32

粗糙僵硬的手
就要荒废
成为残垣断壁
可是,这是一双
哭喊过的手
曾为爱恨情仇博弈
这是一双
幸福过的手
对善意的谎言打过招乎

暴起的青筋里
隐藏多少人情世故
黝黑的肤色

疼痛的拇指

饱含生活的酸甜苦辣
弯曲的手指
搬运过多少日落和日出
每条缝隙里
红尘往事在对话
每条皱纹
都是苍桑岁月的注脚

33

夏天,手越发悲凉
我在查找因由

这些年,对别人愈来愈温顺
对自己愈来愈刻薄
一直努力学习花言巧语
尾巴摇得像哈巴狗

在时间和空间里
堆积那么多抹不掉的伤痛

第二章 疼痛的拇指

看着那些远去的人
我已经身无分文

不堪回首的往事
一直在左右我的生活
手无法伸出
去救赎已经荒芜的情感

认真去写诗吧
在那儿开掘快乐的意境
激活心脏的律动
让手还原到原始

夏天，越发悲凉的手
它不会被赦免

第三章

柔软的爱情

疼痛的拇指

1

再温暖的手
也能酿出寒意
再多情的手
也会制造伤悲

在伤口里
添盐加醋
为疼痛煽风点火
让渴望漫无边际
叫生活
来点不测风云

把爱
捅出点娄子
将脸
弄得面目全非

第三章　柔软的爱情

最后，你威风扫地
僵硬的思念
不再醒来

2

相遇之后
没有握她的手
可她显现的浩荡春光
让我大病一场。从此
开始怀疑
这个社会的真实性
怀疑
一些人发出的微笑
是否干净。从此
只想她一个人
跟她走，除了身体
什么都不带
一起浪迹天涯

疼痛的拇指

3

枕着手睡觉
这是一种习惯
中午捧着脸小憩
晚上枕着手
对着天花板做梦
千奇百怪
枝繁叶茂
众多的梦中有她身影
衣袂飘飘走来
让我受宠若惊
但并没有想入非非
我的追求很简单
要的就是
一个简单的她

第三章　柔软的爱情

4

十指交叉
在拇指对峙时
细细地想你
想象她是一条河
潺潺的水声
能解除旅途的疲惫
想象她是悠闲的溪水
清澈透明
温柔缠绵
带着梦奔向远方
想象她是一朵玫瑰
晚风中
时时送来阵阵芬芳
想象她是一弯月牙
羞涩的脸
躲在云朵后面

疼痛的拇指

激起我寻访的决心

5

一朵云
温文尔雅
衣袂飘飘擦肩而过
一块石头
顿时分泌出一些嫉妒
躲在一个角落
心潮激荡
偷偷热身

不经意间的眼神
像烙在身上的一块胎记
不可磨灭
许多想法不可告人
心真的虚了
门打开来
在渴想着什么

第三章　柔软的爱情

不会有三天时限
心中的那朵云
一定要让她出现在眼前
山一样沉重的梦
无法抹去
每次见到她
都是我的一个春天

6

一次相遇
眼睛立刻涨满春潮
手情不自禁
"酒精"考验的人
杯子在手上颤抖

玉兰般雍容华贵
一个秋波
就将我的地位动摇

疼痛的拇指

来势凶猛的饥渴
猝不及防地向我碾来

并没表达什么
但是,心思
一直在幻想的路上奔跑
不知道她能否拦截
来收购这急切的心情

7

爱情,像她沉睡的姿势
一只毛毛虫
躲在我的心里匍匐
时时撩拨着我的心绪

我一直在思考
用怎样的方式
把这已经泄漏的姿势
储存

第三章　柔软的爱情

想把她摇醒
然后发出浅浅的笑
哪怕像流星一闪
也能品尝到幸福的蜜意

8

邂逅之后
似乎寻找到了君主
挺直的腰板
渐渐学会了俯首作揖
时常露出会心的微笑
心甘情愿

我们在不停地折腾着生活
生活也在不停地折腾着我们
在没有花的地方种上花
在没有草的地方种上草
在你面前大肆煽情

疼痛的拇指

在洁白的纸上写情诗
也是心甘情愿

最想做的一件事情
是想方设法
将生活中的忧伤拿走
支撑生活的平衡
错了,无论怎么努力
还是把握不住这样的平衡
头破血流
这仍是心甘情愿

9

我是一只跋涉的雁雀
追寻的路上
已经疲惫不堪
目前,停留在
她窗前的树梢上
守候着她的态度

第三章　柔软的爱情

等待着丘比特的箭

请不要犹豫
拿弓的手不要颤抖
身体的关键部位
已经注好标的
请把箭
爽快地射过来
我想感受被击落的滋味

10

在灼热的夏天
我不想让她抛头露面
因为，所有的阳光
都在找事
我一直在躲藏
也在诚心地等待

在这个多事的季节

疼痛的拇指

一桩心事
被追赶得无家可归
倘若她的出现
怕是眼睛一瞥
就把我烧成灰烬

还是选择冬天吧
我不再做诗人了
一起点燃火炉
品茗或者喝一杯小酒
让我们微醺

然后,说些题外的话
比如,东风夜放花千树之类
然后,和浓浓的月色勾肩搭背
作一次长长的梦游

11

生活平淡无奇

第三章　柔软的爱情

从家里到单位再从单位回到家
工作读书，读书工作
有时约几个朋友去路边店
喝酒聊天打牌
有时也阳春白雪一回
写点人人都能懂的小诗
许多想法很简单
如同春天破土的草芽

她的出现，像一束阳光
唤醒沉睡的季节
即使这样，也没有
被那些红唇和翘臀征服
是她纤纤手指
触动了某根神经
让我思维瘫痪，昏睡不醒
平静的湖
被她轻轻地一搅
产生了涟漪，发出了声响

疼痛的拇指

12

又是不眠之夜
我想捂住
心中抬头的思念
怎么也无法实施
眼神没有躲闪
手指已经勾到一起
不管怎样
在漆黑的夜里
我将提着灯笼
到她的门口守候

13

爱到贪婪的地步
即使是一种堕落
也是牢不可破

第三章　柔软的爱情

有谁能在一个瞬间
脱胎换骨

深植心底的爱
透出的阵阵迷人的芬芳
它不是电脑里
储存的数据
可以一键删除

为爱，跌倒爬起
心甘情愿
埋葬在爱的灰烬里
是不变的选择
生命中一首无谱的歌

14

生活在峰谷间
悲欢交集
翻开那份

疼痛的拇指

发黄的生命扉页
查看人生旅程
会发现
自己的命运
被装订得极为拙劣
我想寻找
新醅初酿的时光
找来找去
都是无情的冬季
和青涩果实
没有谁能
领会这种无奈
没有谁会
感知这样的悲伤

15

对着镜子梳头
想梳理出
一天的风范和心情

第三章　柔软的爱情

那么多黑发

雪崩似的

从头顶上滚落下来

白发在阵地上

探出头来

翘出傲慢的神情

像是将军

要做我的主宰

早生的华发

仿若春天的落叶

叶面上

写满了走失的理由

白发的出现

让心隐隐作痛

使人想到世间的爱

为何不像它那样

早一点

在我们的心间

生根成长

16

时间隧道无边无际
阳光和黑暗不停交替
谁都无话可说
只能用自己的手
来翻看收集爱的口袋

人生的路精彩纷呈
路上的高山和河流
倒塌的房屋和塌陷的路面
翻飞的蝴蝶和鸣响的蜜蜂
还有腐烂的黄叶
惊心动魄

心,经常被自己的勇敢
所震慑
也常常被自己的懦弱

第三章　柔软的爱情

所拖累
那时，不知道用什么魔法
制造出的动人神话

回忆，晶莹而透明
滤掉的杂质
让爱绚烂多姿
曾经发生的故事
像醇厚的酒
让人慢慢产生醉意

17

抽一支烟，大概需要五分钟
喝一顿酒，大概需要二个小时
睡觉大约在八小时左右
一天工作是七小时
那么多的事情
让我没有时间去怀念

疼痛的拇指

可是,工作再忙
八月十五,我会思念我的亲人
春节,一定要与家人团聚
会敬父母两杯酒,祝老人健康长寿
会给晚辈一些压岁钱,愿他们茁壮成长
这些都是在固定时间完成的

对于她,就完全不同
不知道该在什么时候想她才算正好
她的身影,总是在
意想不到的时间里出现
无法把握
我的秩序常常被打乱

18

美酒真美
就像她
墙边盛开的蔷薇
白里透红,锋芒毕露

第三章　柔软的爱情

让人胆怯地去爱

颤悠悠地端起酒杯
一饮而尽
在我的血液里
游行示威，高潮迭起
渐渐醉了
跌倒在爱的怀中

19

早就不想写诗了
只因心中
装着一个厚重的名字
那犀利的眼神
那玲珑的笑声
那柔软的手
那骄傲的样子
那窗前的风铃
还有那条林荫小路

疼痛的拇指

都是爱的注释
为了一个梦
还要拿起已经磨秃的笔
把诗写下去

20

在哪里,远行还是蜗居出生地
那次相遇,是生命中最亢奋的一回
落下无尽的孤独和思念
实在难以预料

她的微笑,随着阵阵涛声
侵入脑海,弹拨着每一根神经
冥冥中,像前世一段姻缘
现实中,像今生久久的期待

甜美,把我捆绑得严严实实
心灵的枷锁,旋即打开
于是,开始念想她一切的好

第三章　柔软的爱情

不想，真的把持不住

夜已很深，可无法入眠
海涛不停地敲打着堤岸
重一声，浅一声
都是她的呼唤

我只是一滴水珠
在相遇的瞬间，发出一丝光芒
也许这种真实，无须躲避
也许一种幻想，并不存在

之后，还是生了一场病
思絮不断地从旧伤口里飞出
我非常惊讶自己的行为
什么原因，实在说不清楚

21

春节刚刚过去九天

疼痛的拇指

一场雪
降临于萌动的夜空
我走在路上
伸出双手
承接着这来自天堂的精灵
落在手心的雪花
带着初恋般的羞涩
犹如她的体香
散发出花朵样的清新

在如银的夜色里
我想躺成
一块无人问津的原野
只接受她
恩赐和润泽
从心灵深处抽出一枚嫩芽
在风中摇成一片绿
来蓬勃我
埋藏在心中很久的夙愿

第三章　柔软的爱情

22

雍容华贵的神采
让人不敢看她
怕只一眼
灵魂就坠入地狱
再也爬不上来
可滚烫的血液
分分秒秒在拽我的耳朵

如此的惊艳
不去瞥她一下
恐怕比下地狱更痛苦
我无法选择

在我走神的时候
一簇箭
射进了心窝

疼痛的拇指

筛子一样的思念
将我捆绑
失去了原有的自由
在狱卒的牵引下
苦苦地前行

23

扯不断理还乱
不理不睬折磨人心痛
我,像一艘沉船
暗无天日
疲惫的灵魂
期待着有人来打捞

我的一生
没有什么秘密
愿望也不高
有时,一个浅笑
就是最高礼仪

第三章　柔软的爱情

想用一个精彩的汉字
改变自己
同时，也改变她
这样做
不知能否把她
疑问的枝丫摘除

24

人生
有时真是不合时宜
没到下雪的时候
冬季提前到来
女人成为无情的荒原
谁敢去开垦和驰骋

也许，命定一生要面对荒冷
选择，注定是一种挣扎
相拥而走又背道而驰

疼痛的拇指

什么都放不下又什么都放下
生活都有出口却没有出路
这将是怎样的结局

不想滞留在原地
想办法收拾一下她的环境
把丢失的东西捡回来
让季节转个身
叫荒原绿草茵茵
天空飘扬五彩旌旗

我无法沉静
一直都在追寻的路上
心被苦涩浸透
湿漉漉的翅膀无法高翔
只能边走边等
等待暖风吹来
将潮湿的思念烘干

第三章　柔软的爱情

25

秋风带来些许清凉
窗外，树叶耐不住性子
发出不安的响声
白云间，几只小鸟
像风一样飞翔
她也像风一样
在几个城市间走着
走成一道风景
我想让自己
风一样与她同步
心里实在没底

在这样的季节
心中始终
跳动着一个深刻的词
这个词与她有关

疼痛的拇指

还想了很多的事情
都与她关联
我想,即使变成一把雨伞
也不能与她风雨兼程
只有徜徉在风中
收集所有与她相关的词句
把它们集合起来
抒发心境和梦想

26

有一种爱
像晚霞对天空的燃烧
谁都左右不了

有一种思念
像冉冉升起的太阳
谁也控制不住

第三章　柔软的爱情

27

突如其来的雪,侵入我的梦
雪很大,原料充足
开始堆雪人
让她有苗条的身段,迷人的笑靥
大眼睛,高鼻梁,红嘴唇
赋予她柔软的手和慈善的心灵
在得意的时候
一阵风吹来,让人颤栗
突然感到,她的神情带着寒意
微笑,发出刺眼的光芒

女人是水
水可以变成浪漫的雪花
堆成可爱的雪人
也可以成为坚冰,横扫一切
我在想,许多完美的东西

是不是也像雪人一样
当阳光走过,就会变成一滩污水
爱,是不是随着时间的推移
像雪人会变得不那么纯净
梦想,是不是在眼睛睁开时
现实,有时让人难以接受

28

爱上一个人
可那扇门紧闭着
有锁
手里没有钥匙
让人着急

费很大的功夫
钥匙找到了
就攒在自己的手中
为什么颤抖,迟疑
不去打开

第三章　柔软的爱情

29

冬，不动声色
虚弱地依着老梅
允诺了下一个花期
没有灵魂的骨架
散落一地
是寒夜取暖的柴
我循着遗失的诗笺
重新回到分手的地点
无辜的冷漠
让人无法靠近
我历尽沧桑的脉搏
依然跳动着
为她心醉的疼
还在疼着
今生今世
注定有一段爱情

疼痛的拇指

没说开始
就无缘无故地结束

30

邂逅于落叶翻飞的秋天
谁对谁,都没有诺言
她的降临,织出一道灿烂的彩虹
她的才情,拨动心弦
她的笑声,让人蒙生醉意
她像一本耐读的书
许多章节,让人无法逾越
相阅之后,心中的怀想
被无休止的复制、繁衍和漫延
成为一种灾难

因为前所未有的精彩
让我在探寻的路上驻了足
掬一捧如银的月光
来擦洗尘封已久的记忆

第三章　柔软的爱情

邀来刺骨的朔风
把沉睡多年的故事摇醒
把闪亮的名字
播种在心灵家园
让它绽放出醉人的芳香

是不是一个梦，不然
在飘渺的幻觉中
她为何站成一道靓丽的风景
是不是生命中冥冥的期盼，不然
一个浪迹天涯的游子
为何在此刻有了深深的依恋
是不是一个心思应该回归，不然
为何对初遇的人踮起脚尖
默默等待她前来认领

31

站在地图旁
想测量与她的距离

疼痛的拇指

可它是上边的一个点
无法丈量

漫不经心的月光
随意洒下来
将我的思念刺痛
只好移步书桌前冥想

风从没有关严的门缝里
探出了身子
我想让她解甲归田
不然,她一吹我就心动

摊开一张白纸
月光下泛出迷人的光晕
我用此刻的心境画一张地图
作为永久的收藏

第三章　柔软的爱情

32

打开厚厚的辞海
那么多汉字
像是受到了惊吓的小鸟
都萎缩在书的夹缝里
无人问津
通体落满了灰尘
沉闷地让人心疼

现在，我要拂去它们的恐慌
用思念的泪水
把它们清洗干净
然后，挑拣最纯洁的词
加上思念情怀
捏造成赞美诗送给她

疼痛的拇指

33

在长途客运车站
五颜六色的大巴车
袭扰着我的眼球
每种颜色
代表着不同的方向
奔赴不同的站点
我在密匝的蝗虫堆里
查找着属于她的那一只
希望它能来得晚一点
别将相聚的时间
结束得太早
我还期盼老天爷
能下一场百年一遇的暴雨
引发山洪
淹没她来时的路
这些想法

第三章　柔软的爱情

都是瞬间迸发出来的
也许这些闪念不切实际
但是，它让我的心情
好了许多

34

这些天，没有什么话
手也没处放
热情被雪严严实实覆盖
人像夜一般深沉
沉寂的心却是无序
情感的负荷，严重超载
无法泊在心灵的港口

生命中
一个微小的细节
被手不小心触动了
扬出一波狂澜
我怀揣如麻的心绪

疼痛的拇指

站在硝烟弥漫的窗口
痴傻地等待一个回音

35

冬天来临
人生匆匆滑过
青春，只能被定格在某个时段
却不能被储存
寂寥装满了我的行囊
风慢慢地收拢着
人们的欲望
为何不能像腊梅那样
学会在严寒中绽放

往事，云烟般消散
梦一样的未来
是否还能酝酿
没有结局的结局
许多季节

第三章 柔软的爱情

这样被一一错过
爱走得太远
五光十色的生活渐渐褪去
只有遗憾深藏于心
现在等待的
是不是那阙世代轮回的悲歌

眼前延展的路
苍茫而萧瑟
在红尘深处还能找到爱吗
爱没有价格
来握住我的手
剪下烛花听一夜风雨
听百花扶疏
让诗人站到乌云的城堡
挥舞闪电的利剑
斩断纠结爱情的羁绊

疼痛的拇指

36

风,吹瘦了金秋十月
石榴咧着嘴,诉说着成就
伤口还在隐隐作痛
想把纠缠我的烦恼
一哄而散,让风
将纷飞的思绪删繁就简
做不到啊。无聊
拿起电话约几个朋友
来讨论春天的事

出门,桂花的香气
又一次将我的伤口感染
我坚信,温馨的眼神
能缝补我的伤口
微笑,能镇住我的疼痛
可等待这么多年

第三章　柔软的爱情

伤口还是血流不止
不知，这血还要流多久
不知，这痛还能滞留多少年

37

燃烧正旺的火焰
在焚毁我灵魂的时刻
她已离我远去
心里筑起的一座城池
将我永远
关在了城外

我的心
就像涌动的潮汐
久久不能平静
我怎能厚颜无耻地去叩响
她的城门
触摸那些伤痛的回忆

疼痛的拇指

我知道
当爱上一个人的时候
就像一只蜗牛
躲在坚硬的贝壳里
不敢用触角
去触摸她的生活

我嗔怨着时光
在物质面前,世上的一切
都是那么苍白无力
可它教会了我
在面临生活困境的时候
应该如何选择

38

程序呆板复杂
学习多年未能精通
像冰面上的残荷
无法拯救

第三章　柔软的爱情

打小，从骨头里
长就的散漫
想要花开那样的自由
发出蜜蜂一样的声音

可她，给我
设置了那么多程序
就像在河里被水草纠缠
无法脱身

绝望的时候
希望有人突然出现
将牢狱般的程序
一键删除

39

春天，灵魂复苏
怀念随着暖风一次次深入

疼痛的拇指

爱,镌刻下历史的高度
不可磨灭

在生机勃勃的起点上
愿景是那么高远
漫漫长路
能否携手走到终点
家,能不能成为一个经典

毅然决然的选择
一生就一次
没有任何理由
自己对自己作出让步

见到她的时候
头脑一片空白
挥手告别时
心里骤然分泌出
非分的念头

第三章　柔软的爱情

40

思念，是一道苦涩的菜
不管愿意不愿意
人人都要去吃
思念的方言很重
但人人都能听得懂
没有地域和时空的隔阂

思念，分泌出来的幻觉
足以让人死去活来
让人难以置信
犹如一朵花的开放
没有蜜蜂来访
严重挫伤了生命的初衷

思念，烙在心里的一个记号
每当见到它，就能想起

某个时间，某件事抑或某个人
这样循环往复
它总是盯着你不放
最后，你也成为一个记号

41

不知在哪个拂晓
一朵兰
穿过温婉的春天
俏然绽放
氤氲了整个季节
有些美，总是姗姗来迟
没有机会领略到她的精彩
和醉人的体香
爱有时候总是擦肩而过

在明眸回转的瞬间
有人心已沉醉
她的余香

第三章　柔软的爱情

严重干扰着一个人的生活
许多往事成云烟
可总有傻傻的人
无力摘除心中的那份牵挂
但他有足够的耐心
静静地守望
等待着下一个花期到来

42

今生今世，只为她写诗
偶尔也想为别人写点
可是，一拿起笔
心中的诗意就纷纷脱逃
仿佛有只手悬在脑后

人人都有急躁的时候
如长时间见不到她
就会想入非非
头脑里

疼痛的拇指

就会有虫子来蚕食

有些病必须医治
现在就想知道
她的心里到底装着多少情感
她的眼里到底能承载多少忧伤
爱的结果到底在哪里

今夜的雨来得猛烈
像是她曾经急切的心情
多么希望
是她，在敲打窗栅
让我凭添飞翔的勇气

43

在这热情洋溢的夜晚
烛光，摇曳着
夺人心腑的倩影
烛火，点亮着

第三章　柔软的爱情

又一个生动的春天

鲜花和掌声
贮满浪漫而热烈的空间
蛋糕，在刀下
切成一瓣瓣纯厚友谊

一道靓丽的风景
一座梦想的殿堂
曾经惹多少人驻足和向往
今晚，朋友都醉倒在
浅浅的笑靥里

我把一声声祝福
镶嵌在诗行里
用它，填充她生命的
每个缝隙

第四章

曲直的生活

疼痛的拇指

1

白天,太阳给人间送来
热情洋溢的礼物
石头有了体温
夜晚,诗歌般的星月
陪伴我们做梦
花香随着呼吸流动
风,唱赞歌也唱挽歌
水,柔软的富有情调
多么奇妙的世界

在这奇妙的世界里
美好生活都装在人们心里
他们用不依不饶的双手
绘制,打造,复制
那么多蓝图和愿景
克隆着黑白黄红的人类

第四章　曲直的生活

历史就这样
被人为推进
时钟匀速运动
偶尔也有暂停的时候

2

一小湖碧水
被城市揽在怀中
照映着蓝天和白云
照映着城市的宏伟和辉煌
靓丽的景色
美美地写在湖中

一小湖碧水
多么像人的眼睛
收容着美丽的事物和时光
它容不得一粒灰尘
不能有半点猥琐
任何卑鄙行径

疼痛的拇指

只会把光明擦伤
把美丽和娇媚揉碎

没事,捡一块石头
扔进水中
溅起的涟漪
把这座城市扭曲
又扔了一块石头
整个城市就破碎了

一块石头落入水中
那小小的杂音
被丢弃在城市的喧响里
谁都没听见
溅起来那么透明的思绪
被灯红酒绿拒绝

一个人就像一块石头
没有人理睬
在城里流浪的心情

第四章　曲直的生活

没有人知晓
没事，捡一块石头
扔进水中
小小的声响是一种慰藉

3

生活的进程
如此缓慢
仿若一只蜗牛
认真探寻
生存的出路
岁月却是快步如梭
狠着心，黑着脸
把人向生命的尽头
赶撵

在人生的转折处
许多部件
像被阳光和风雨

疼痛的拇指

风化的老树皮
受到不同程度的破损

飘摇的我
已经忘记冬天的疼痛
和春天的欣喜
只想带着夏天的热情
很青春地驾驶着收割机
去收获遍地的黄金

我想拨动
生活的时针
让自己过得平静
将绿色和快乐
挂在眉梢
我想给岁月打个补丁
减缓路途上困难
让生命不再漂泊

第四章　曲直的生活

4

星期天，天气晴朗
时光美好
可我的情趣无处安放
心情像飘零的梨花
散漫而又低沉
苟延残喘
我离开住所
去找一条熟悉的河流

面对缓慢流动的小河
万千的思绪
咕咕有声
面对生命的种种尴尬
我在寻求答案
羡慕河流无羁无绊的样子
想成为一条鱼

疼痛的拇指

随它远行
去弄清它的源头
就像弄清爱情的出处

面对欢快的河流
捡起一颗石子扔进去
一个心情落地
面对清澈的河流
又捡拾了一颗石子扔进去
又一个心情落地
最后,把自己也扔进去
和这条河融为一体
所有的不快
都伴着河水流向远方

5

立春已过去多天
一场雨雪来势汹猛
企图阻挡

第四章 曲直的生活

滚滚而来的温暖

羽毛般的雪花
停留在窗户玻璃上
影响我的视线
手下意识地前去抹一把
还赖在那儿
我惊诧一下
原来她们在另一面

站在窗前
看着不断堆积起来的白
这些没有色彩的灵魂
心中开始嘀咕
感到她们有点蚍蜉撼树

6

光阴匆匆而过
人生难以把握

疼痛的拇指

就在今晨
时间跟我打一个照面
被我顺手牵羊
让我窃喜

我想用窃取来的时光
与你分享
给你一点时间
去想像
把自己扮成一个孩童
放任地玩一把

再给你一点时间
去梳理，打点零乱的生活
把美好的日子归拢起来
慢慢地去读
剩余的光阴
让我们手牵手
慢慢走向天地的尽头

第四章　曲直的生活

7

秘密，就像空气中的病毒
那样细微，不可告人
人们心中的秘密
就隔着一层纸
无法把它看清
我常为泄露自己而懊恼

要想得到别人的天机
必须用手指
捅破那层神秘的薄纸
查找里面的收藏
行动时，指头
被锋利的牙齿咬伤
血汹涌的漫溢
渐渐地把身体抽空

疼痛的拇指

面对黑暗，腐败和罪恶
还想再捅它一次
争个鱼死网破
手指牵动着全身
有形无形的疼痛无处躲藏
一个指头的损伤
足以让人家破人亡

8

先辈们常说
到手的才是自己的

年幼的时候
我感到
它是永恒的真理

后来，时间把它颠覆

到手的东西

第四章　曲直的生活

常常在不经意间失去
永远不再回来

9

夜晚，风还带着些许余温
给人们最后一点恩赐
月，谨慎地挂在天的一角
像一枚出土的银元
用手一碰，就会掉下渣屑

两个公务人员
坐在夜的深处喝茶聊天
他们谈着股市和女人
谈着钓鱼岛和美国
扯到升迁，都沉默无声

天上的云渐渐多了起来
他们仰望
同时感叹到，咱们多像

疼痛的拇指

云朵里穿行的月亮
何时才能被阳光回收

10

有时,不知何故
会骤然心悸
似乎这个社会变得很旧
到了危险的境地

烽火硝烟的世界
生活已经没有多少出路
梦想和爱濒临绝迹
人生会不会绝路逢生

要改变这样现状
只能手持尖刀,铁锤
剔除黑暗
把旧的东西粉碎

第四章　曲直的生活

11

一些人拿着鞭子
在抽打另一些人
一些人拿着扭曲的人性
也在抽打另一些人
然而，被抽打的人
发出一种奇怪的笑声
令人毛骨悚然

光阴在肮脏中流动
许多思想
像飞鸟的粪便
在空中随意抛洒
说不清什么时候
落在你的头上
那些气味没办法把它洗净

疼痛的拇指

世界越发走向极端
发生的许多事
说不清楚它的原由
人生在世是一种灾难
必须去面对
我不得不打开一本诗集
然后再轻轻合上

12

黝黑的房间
让人喘不过气
把紧闭的门打开
一阵暖风
匆匆闯进怀里
让我闻到了春天的气息
窗外,院落空空
阳光灿烂
一切都是那样干净
空旷和静谧

第四章　曲直的生活

使我产生一些的遐想
愈发感到
这是做爱的好季节

13

清晨，阳光明媚
天气尚好
不知是鬼使还是神差
我拿着一把铮亮的钢钎
去撬官府的门
门是撬开了
可里面实在太黑
看不清里面的任何东西
只有一些只言片语
以及莫名的声响
不时地冲击我的耳膜
里面的黑
散发着罂粟的味道
这让我惊魂不定

疼痛的拇指

于是,不得不丢下钢钎
逃逸
梦醒了
还保持着惊悚的表情

14

整整一天
受惊的魂魄
还没有回过神来
天又黑了
我最怕黑暗
总觉得有人在盯梢

在回家的路上
老天下起了大雨
急速的雨线
遮挡了我的视线
我的手
像车窗上的雨刮器

第四章　曲直的生活

不停地抹去脸上的雨水

在一片模糊中
提心吊胆
拿起穿越尘世的双眼
努力寻找正确的路
生怕再拐到
另一个官府的门前

15

有人说，严冬像针
会刺得人心痛
有人说，潜规则
让人变得麻木
年轻时听不懂这些话
什么能够衡量人的天性
岁月的流失
噩梦却让人醒来

疼痛的拇指

世界有时很滑稽
方和圆常常混淆不清
长和短不知所云
一句话刚出口
旋即被否定
一拃光阴
刚刚被拉直
又匆匆地被折弯

即使天空晴朗
也会感到阴风拂面
即使是白天
也会感到世间的阴黯
刀就藏在笑里
许多的危险
潜伏在主席台的后面

16

有一把交椅空着

第四章　曲直的生活

两边扶手
擦得很干净
很多人在窥视
狡黠目光超乎寻常
表现却很镇定

这把交椅
离我很近也很远
世态纷争中
我已经步履蹒跚
累了，吟上几首诗
椅子很安逸

在这样的季节
手，是白还是黑
持续高烧
可惦记这把交椅的人
心急火燎
发着低烧更可怕

疼痛的拇指

17

捏造，我一直怀疑
这个词的真实性
我觉得手的功能太奇妙
比如，人类
是上帝的手捏造出来的
比如，我们喜爱的小面人
是艺人的手捏造出来的
不捏造，似乎世界上
真的没有什么了

许多梦想是捏造出来的
许多业绩是捏造出来的
许多故事是捏造出来的
许多爱情是捏造出来的
如果再也捏造不出什么来
就捏造绯闻抑或谎言

第四章　曲直的生活

请一阵风去吹送
让它们潜伏世间的各个角落

18

会议
在烟雾中进行
讨论问题很多
情况复杂
意见总是相左

一个名字
碰疼了与会者的心
阴影伴随着缭绕的烟雾
覆盖着
一个又一个心思

天已经黑下来
议题没有结果
脸皮粗糙的人解开衣襟

疼痛的拇指

拍案而起,四座震惊
争论的声音顿时消散

因为给力太猛
弄伤了主持人的手指
但是该解决的问题
迅即改变方向

就像秋天
本该就有的收获
许多心情
像秋风中黄叶
狠狠跌落在沟壑之中

19

首长,坐在主席台上
手捧着讲稿四处张望
视线触及到
所有听讲的人

第四章 曲直的生活

礼堂里
漫溢着概括全面的废话
貌似真理的假话
他的笑容
一次次在掌声中绽放

越讲越有激情
越讲越掌声雷动
三个小时过去
散会
这两个字大家听的最真

20

一把手在中国
使用频率最高的一个词
它光环四射
令多少人爱慕和向往
奋不顾身去追逐

疼痛的拇指

话语权至关重要
讲一句话,排山倒海
跺一下脚,地动山摇
任何事情
轻轻拍一下桌子
就可以定案,决定生死

面临一座高山
必须在它规定的路上行走
千万不可跑偏
如果愈越了雷池
你就真的成为蹚雷英雄
注定粉身碎骨

一棵大树
繁茂的树叶
能为你遮风挡雨
能帮助你
减少紫外线的照射

第四章　曲直的生活

也能让你成为落汤鸡

在生活中，其实你
就是它身上的一片叶子
稍不留神，悄然坠地
在人们的践踏下
慢慢地腐朽

21

天当房地当床的年代
早已成为过去
那时没有什么摆设
水清风轻
荞麦花开得光彩夺目
夜里常有野兽出没
但是，没有谁害怕过

现在什么都有了
生活却让人提心吊胆

疼痛的拇指

害怕转基因食品
害怕高楼上的抛洒物
害怕红唇和媚眼
人类已经变性
有种生不如死的感觉

有房子怎么样
有红木家具怎么样
有苹果手机又怎么样
一个小小的意外
就丢失了明朗的笑
失去了家园

天地混沌了
人也混沌了
一把刀在不停地搅拌
信念已经体无完肤
人生并不漫长
不过是生活的一种摆设

第四章　曲直的生活

22

手握着方向盘
却不知去向
这种情形
谁能理解个中味道

打开天窗
雾霾就溜了进来
不容商量
像到了人生的岔路口

路上空无一人
踩下油门
沿一条直线飞奔
谁能保证不会翻车

23

湖水静若一面镜子
收拢着蓝天、白云、小鸟
和我憔悴的面孔
美丽的画面
被映在水中的一张
丑陋的脸破坏
心里顿时缺氧
产生隐隐的刺痛

找一根棍棒插进湖底
用劲地搅它
美丽和丑陋
都成了泛起的沉渣
散发出阵阵腐朽的味道
不知道这样做的目的
可心里很得意

第四章　曲直的生活

有一种酣畅淋漓的感觉

24

我住的房子
依山傍海
环境幽静美丽
打开门
就能触摸到山的眉梢
推开窗户
就能嗅到浪花的馨香
夜晚的渔火
灿若星辰
鸥的鸣叫婉若夜莺

在这样的季节
想法越来越多
最重要的一条
就是要出趟远门
目的地在哪里

疼痛的拇指

还真的没有想好

朝霞刚刚露出笑脸
露水还在草尖上眺望
我就推开房门
可门前是山
门后是海
周边是羊肠小道
哪里是最便捷的路

管不了那么多
带着思念上了路
在崎岖的路上快步前行
心情像袅袅的饮烟
用最大的力气
追赶天空飘动的云朵

25

心爱的紫砂杯

第四章　曲直的生活

在一次愤怒中
被我重重地摔在
坚硬的地上
发出一阵闷响
那些碎片
用可怕的目光
盯着我
无话可说

原本想用这些碎片
来掩饰自己不快的心情
用它们的哀鸣
来包裹我的凄凉
可这些碎片
又一次划开了我的伤口
那声闷响
又一次加重了我的悲伤
心在它的哀鸣中
又碎了一次

26

他说，对你很敬重
不能干涉别人的事情
你会信吗
当你转过脸的时候
他的脚
已跨入你家的门坎
一只黑手
已伸到你脑后
一切都是那么自然
像阴雨天
剪不断的雨线
顺理成章地落在地上

27

明月，从云里探出了头

第四章　曲直的生活

我轻轻地打开一扇门
风就匆匆地溜进了房间
躲在门后
撒出一缕牡丹的清香

不忍心把已打开的门关掩
用似水柔情的月光点燃自己的激情
让正在写诗的笔富有灵性
把藏匿在心灵深处的探求和追逐
认认真真地公布于世

把更深的念想和更浓的诗情
交给皓月，让她怀揣着精美的诗笺
加快在邮路上行走的脚步
我敢断定，用不了多久
人们定会看到人世间最幸福的笑脸

28

所有简约或粗放的生命

疼痛的拇指

都以自己的方式
与自然靠近
一枝野花足以让我幸福一生

洁白的云朵
攥在高原的掌心
在心灵的草原
纵情地放牧自己的诗歌

折柳的手
握不住月圆月缺
就像一个人
永远握不住自己的命运

29

把满腹的忧伤
凋谢在路上
净身出户
枝叉一样伸向天空

第四章　曲直的生活

孤独无援
生活成一堆乱码

秋风，一位网络高手
经他轻轻一扫
统统进入垃圾筒
然后慢慢归拢和堆放
秩序井然
心渐渐归于平静

30

饥渴有时是一种内伤
粮食和水
解决不了实质性问题
阳光是那么温暖
太强烈
会灼伤人的眼睛

甜蜜，让人身体变形

疼痛的拇指

不能在它的城堡呆得太久
必须要用一种消息
去稀释它的浓度
或者给它一些盐分
让人的心情
渗进一些槟榔的味道

甜蜜的生活
不是恩赐
是一种力量
举杯邀一些风来
让它在心中形成旋涡
让人在旋涡中如痴如醉

31

在料峭的风谷
柳婀娜多姿
絮露出一点嘴脸
白得纯正

第四章　曲直的生活

欣喜中，折一支柳
少女的气息
顿时漫溢开来
我感到手中
把握着一个春天
不要认为她会夭折
她已经开始萌动
在我的思维里展延开去
完成一个夙愿

32

这些天，心情
走进灰色地带
权力，名利还有爱
在我的血管里
不停地打斗
许多事情堆积在冬天
体内落满灰尘
像一个无辜的人

疼痛的拇指

受到侵害
我想伺机报复
却又找不到对手
抱膝
坐在午夜
呼吸瑟瑟的空气
夜莺一声鸣叫
打开我思维的天窗
对手
是我的影子
我想去跟他清算
扭开电灯
他已无影无踪

33

世界上一切事情
都会改变
一只手收拢了五指
勇猛地伸出去

第四章　曲直的生活

让你的脸
变成蓝色妖姬
再伸一次
就是滴血的玫瑰
多么好啊
这多变的世界
这多变的美丽
如果没有这样凶狠的手
世界仍有鲜血淋漓
所有的事情还在改变

34

不知何时，茶道
在社会上开始风靡
配置的茶具
独树一帜

泡茶的姿势很优美
泡茶的手很细嫩

疼痛的拇指

打理茶道的动作很别致
喝茶的人很"老子"

大口喝茶的人
平庸
慢慢品茗的人
才有情调

喝功夫茶的人三教九流
腆着大肚子的老板装腔作势
涂着油漆的小姐装神弄鬼
在窃窃私语中耍着手腕

骄奢淫逸塞满茶楼
他们想从茶里喝出点意境
那些溢出来的风声
成了没有品位的最好注脚

第四章　曲直的生活

35

当别人
指着你鼻子的时候
有晕车的滋味
在深究的眼神面前
会想到些什么
是不是欠人家的债到期了
是不是欠人家的情该还了
是不是一支玫瑰
没有如期送达
是不是怀揣着黑啊
是不是劣迹斑斑
想不想穿新鞋走老路
想不想脱胎换骨
在压力面前
到底能不能打起精神
秋风里，你不得不

疼痛的拇指

去翻阅流年旧帐
挺拔的腰杆
怕是再也直不起来
闪电雷鸣,一堆堆惊叹
浩浩荡荡
渐渐地把许多东西淹没

36

滚滚而来的乌云
行将把这座城市压扁
我挺着胸膛攥起拳
想做一回女娲
去补天,以此
来阻止它们的丑恶行径
可它,以粗鲁的方式
将我搂抱

一场梦
就是一段历史

第四章　曲直的生活

天和人一样都会变脸
会留下一道又一道伤痕
看得见的是
大地上纵横的沟壑
看不见的是
心灵里叠加的痛

37

湖中心的冰面上
受伤的丹顶鹤挣扎着
一点红若隐若现
改变了寒冷的布局
在我的视距内
却无法去拯救她

长一双眼
是干什么用的
难道就是
收留痛苦和悲伤

疼痛的拇指

长这双手
是干什么用的
面对将要逝去的生命
在那儿袖手旁观

在无情的冬季
我想抛开
无用的念头
用身体的温度
去焐化冰雪
用爱支一顶帐篷
为奄奄一息的生命
遮风挡雨

冰天雪地中
让她
慢慢苏醒，恢复元气
带着她的洁白和火
翱翔于蓝天
给人们送上一道

第四章　曲直的生活

难忘的风景

38

阳光依旧灿烂
路上行人
依旧横向或者逆向走着
一切都是那么自然
可是，晦暗的东西
总是悄然降落在头顶
让人措手不及

那些比剑刃还锋利的唾液
活得比谁都精神
那些陈旧的舌头
把你描摹得惊心动魄
我只想用十二分的虔诚
向街边纷飞的口沫
打一个军礼

39

人们一直以为
寺院是个清静的地方
和尚有颗素净的心
不然,就没有
放下屠刀立地成佛这句话

放下屠刀就能立地成佛
世上能有这样轻而易举的事吗
对这句古老的真理
不该有丝毫怀疑
怀疑就是对祖宗的背叛

可是,我已经离经叛道
不认为屠刀就是刀
放下屠刀也不会成佛
日本鬼子成佛了吗

第四章　曲直的生活

耀武扬威宦官成佛了吗

涂着红唇的女人成佛了吗
斜眼看小姐的和尚成佛了吗
他们都没成佛
手上的刀放下了
丑恶的心
一直隐藏在阴暗的角落

40

有谁敢说这不是真实
树上的鸟鸣，遍地的野花是真实的
一只手长五个指头是真实的
与多个女人觥筹交错是真实的
用特别的手段充盈了人家身体是真实的

虚假的东西，人们早已经厌倦
一场运动，白纸黑字
就像从天而降的大雪或冰雹

疼痛的拇指

必须得接受,一切都是那么真实
关健是,真实的东西要落到实处

已经很长时间没有打扫思想的尘埃了
已经很长时间没有查找身上的病因了
已经很长时间没有自己和自己过不去了
现在,要的是仔细审视自己
查实你就是自己的敌人

其实,足音早被鹅卵石收留
那些折射出来的言语已被小草窃听
高压线悬挂在堂屋的上方
随着风吹草动,让人纠结和胆怯

隐去嘴唇,过去的错误死无对证
就像南飞雁,留下欲言又止的省略号
隐去视线,那些重要的东西
在眼前都是隐形的
那么多的告白,统统转身而去

第四章　曲直的生活

如此的真实，使人无法安于现在的时光
路旁的绿阴，无法证明过往的真实
不想说出真实吗，有人指证
不想解剖自己吗，别人的刀已磨好

41

对事情了如指掌
是对明眼人的定义
是对优秀人物的褒奖
了如指掌要费一番功夫

做事要三思而后行
要把握好度
知道的东西越多
危险就越大

对事可以了如指掌
唯独对人不能了如指掌
真的了如指掌了

疼痛的拇指

要让它烂在肚子里

人的骨子里
不希望别人了如指掌
了如指掌的人
恐将失去栖身的地方

42

真理,往往会被人为颠覆
人们都懂这个道理

眼见为实,耳听为虚
流淌了几千年的陈词滥调
手,天生就是人们树立的宿敌
刽子手,心狠手辣,耍手腕等等
众多灰色的词汇
是它无法磨灭的招牌

声音被社会严重异化

第四章 曲直的生活

眼睛被逼良为娼
光天化日之下可紧闭双眼
耳朵装疯卖傻
来路不明的风声会成为现实
它们在特定的时空
完成功能和角色的转换
使许多真象离经叛道

手在固守着内心的隐痛
有时也有非份之想
但它身上的纹路无法更改
与生俱来，陪死带去
常常在眼和耳的唆使下
掂量许多货真价实的东西
这是手的价值所在

社会的纹路瞬息万变
可再变，还是纹路
许多现象，不管是真是假
手触摸到了它的存在

疼痛的拇指

感觉都是真的
这是真理,谁都无可挑剔

真理,被颠覆后还是真理
人们应该明白这个道理

43

去清洗你的那双手吧
你的手实在太肮脏
指甲很长
涂了太多的油彩
划破了许多人的脸皮
你的手私欲太浓
沾染上重重的铜臭
收到过不应该接纳的东西
你的手伸得很长
有点厚颜无耻
向领导要过不大不小的官
你的手心已经发黑

第四章　曲直的生活

不能再叫做手
做过许多不干净的事情
应该叫政客或者小人
请用悔恨的泪
认真清洗你的手
让光明站在你的指尖，然后
用清洁的手去做干净的事

后记

疼痛的拇指

文学创作是一个出力不讨好的活，写诗更是如此，没有任何利益驱动，不像有些艺术形式，在某些方面已经变质，远离了艺术殿堂。中国是诗的国度，诗的创作渊源流长。我感到，诗是象牙塔，是阳春白雪，是文学的最高境界。可是，在物欲横流的今天，人们大都被"孔方兄"招去了。没有多少人读诗，写诗的人更是寥若辰星。好多人对诗人的评价：不是痴傻，就是神经病。其实，人生在世有时装疯卖傻一点，神经质一点，倒是幸福的一件事情。人生真正的享受是读些文学作品，特别是读诗。因为它需要一种心情和境界，这个境界不是一般人能够达到的。因此，我长期坚守这片沃土，心甘情愿，无怨无悔，读诗、写诗将伴随我的一生。

长诗《疼痛的拇指》，终于尘埃落定了，无限延展的思绪回到了原地，身心轻松了许多。回想起这篇长诗的创作，真为自己当时的突发奇想感到吃惊和好笑。大概是大前年秋天，右手大拇指莫名其妙地肿痛起来，一度严重影响了我的生活和工作，深感拇指（并从手指延伸到手）对于人生和生活来说，实在是太重要了。于是，就联想到手与生活的关系，手与工作的关系，手与社会的关系，手与爱情的关系，并从这四个方面开始构思这篇作品。想通过对某些关系的叙述，能折射出一些人生感悟和社会的纠结，触及一下人的灵魂，引发人们的一点思考，这就是当时的想法。

后 记

　　说来很巧，就在要着手写作的时候，省作协的领导来连云港调研，在接待的过程中，我把这个想法向他们作了汇报，作协领导对此很感兴趣并给予肯定，后来成功签约。能与作协签约，是每个作家和文学爱好者梦寐以求的事。但签约之后，压力也随之而来，一是有时间的限制，二是有专家评审，质量问题是作者必须首先要考虑的。一年多来，四千多行的句子，着实消耗了我不少时间、精力和脑细胞。但是，在付出艰辛和汗水、顺利完成创作计划之后，心中的那种愉悦，也只有自己清楚。

　　诗稿改了几次，总感到不尽如人意，作品对社会和人生的负面看得比较多，说得也比较多，让人感到有些沉重。修改的时候，想增加一些轻松的东西，让她欢快一些，大文化一些，正能量一些，可是改来改去还是这个样子。想来想去得出如下结论：一是题目起得就有些沉重，二是社会现实让人感到沉重，三是自己的心情也是沉重。因为这三个方面的问题，怎么改也无法轻松起来。

　　从目前诗界看，写社会问题的作品为数不少，但用长诗来表现它还不多，这可能是我的一孔之见吧。无论如何，这篇东西也算是自己的一种尝试，是好是坏就让读者去评判吧。

2014年8月于滴雨斋